Les géants
ne font pas
de planche à neige

**Debbie Dadey
et Marcia Thornton Jones**

Illustrations de John Steven Gurney

Texte français de Jocelyne Henri

Les éditions Scholastic

À Debbie Watts — MTJ

Pour Amanda Gibson, une nièce fantastique — DD

Données de catalogage avant publication (Canada)

Dadey, Debbie
    Les géants ne font pas de planche à neige

(Les mystères de Ville-Cartier
Traduction de : Giants don't go snowboarding.
ISBN 0-439-00518-3

I. Jones, Marcia Thornton. II. Gurney, John. III. Henri, Jocelyne.
IV. Titre. V. Collection : Dadey, Debbie. Mystères de Ville-Cartier.

PZ23.D2127Gea 1999   j813'.54   C99-931015-1

Édition publiée par Les éditions Scholastic, 175, Hillmount Road,
Markham (Ontario) L6C 1Z7, avec la permission de Scholastic Inc.

5 4 3 2 1   Imprimé au Canada   9 / 9 0 1 2 3 4 / 0

1

Au chalet de ski

— Youpi! crie Paulo, en descendant la pente à toute vitesse sur sa luge, dans la cour de Lisa.

— Fais attention à l'arbre! lui crie Mélodie.

Paulo frôle dangereusement le gros érable avant de s'arrêter en dérapant. Une épaisse couche de neige couvre le sol de la cour. Les enfants glissent depuis une heure, et le visage de Paulo est presque aussi rouge que ses cheveux.

— C'est génial! dit Paulo. Je parie que j'ai atteint quatre-vingts kilomètres à l'heure.

— Ce ne serait pas si génial si tu te cassais le cou, lui fait remarquer son ami Laurent.

Mélodie glousse et repousse ses cheveux de son visage.

— Je parie que ta tête roulerait à plus de quatre-vingt-dix kilomètres à l'heure, dit-elle.

Paulo regarde Mélodie d'un sale œil.

— Tu es aussi drôle que Lisa, lui dit-il. À propos, où est-elle?

— Sa mère l'a appelée pour lui parler, dit Mélodie, en montrant la maison du doigt.

Juste à ce moment, Lisa sort de la maison en courant.

— Vous savez quoi? hurle-t-elle, avec excitation.

— Les cours de troisième année ont été annulés, dit Paulo, en s'approchant de Lisa avec sa luge.

— Ma mère va au nouveau chalet du mont Ruby pour la fin de semaine, dit Lisa. Elle va prendre des leçons de ski.

— Quelle affaire! dit Paulo. Ça intéresse qui?

— Toi, répond Lisa, parce qu'elle nous emmène tous avec elle.

— Super! dit Mélodie.

— Le ski coûte cher, dit Laurent. Je ne suis pas certain que mes parents pourront me permettre d'y aller.

— Le chalet de ski offre des leçons de planche à neige gratuites durant la fin de semaine, dit Lisa. Nous pourrons faire de la planche à neige pendant que ma mère fera du ski.

Paulo et Mélodie donnent une tape dans le dos de Lisa.

— La planche à neige, c'est excitant, dit Paulo. Je vais faire des tas de voltiges.

— Des voltiges? répète Lisa. C'est dangereux.

Pour les réchauffer, Paulo se couvre les joues avec ses mitaines.

— La planche à neige, c'est aussi facile que de lancer une balle de neige.

— Dis donc, as-tu déjà fait de la planche à neige? demande Laurent à Paulo, les mains sur les hanches.

— En réalité, non, admet Paulo, mais c'est facile et c'est gratuit.

— Je pense que je vais me contenter de vous regarder, dit Lisa.

— Il faut que tu essaies, plaide Mélodie. Que pourrait-il t'arriver?

— J'ai peur de le découvrir, admet Lisa.

2
L'Œuf d'or

— «Vive le vent, Vive le vent…», chante Paulo, assis à l'arrière de la camionnette de la mère de Lisa.

Les quatre enfants et la mère de Lisa roulent vers le chalet de ski. La neige a commencé à tomber, et les enfants chantent des chansons de Noël, puisqu'il ne reste que quelques semaines avant la fête.

Paulo continue de chanter sa chanson, mais au lieu des paroles, il fait des rots en gardant le rythme.

— C'est dégoûtant, proteste Lisa. Les chansons de Noël doivent être chantées avec respect.

— Je m'amuse, c'est tout, grogne Paulo. Ne monte pas sur tes grands chevaux.

— Ça, c'est amusant, dit Laurent, en pointant par la fenêtre de la camionnette.

Les quatre enfants regardent l'entrée en pierre du chalet de ski L'Œuf d'or. Des lumières de Noël scintillent dans les arbres qui entourent l'entrée, mais c'est le planchiste sur la pente d'à côté qui émerveille les enfants.

— Sensass! s'exclame Mélodie. Il a fait un tour complet.

— Et un autre, ajoute Laurent. Il a fait deux tours complets.

— C'est ce que je veux faire, dit Paulo. J'ai hâte de commencer.

La camionnette s'arrête en face du chalet, tandis que le planchiste stoppe tout près d'eux en faisant voler la neige.

— Allons faire sa connaissance, dit Lisa.

En descendant de la camionnette, les enfants entendent un son creux métallique. Ils courent vers le planchiste, et c'est là qu'ils réalisent qu'une cloche en cuivre pend à son cou.

— On dirait une cloche à bétail, murmure Mélodie à l'oreille de Lisa.

— Chut! siffle Lisa. Il pourrait t'entendre.

— Allô, dit Laurent à l'homme. Je m'appelle Laurent et voici mes amis.

L'homme repousse ses lunettes protectrices et sourit aux enfants.

— Bonjour! dit-il. Je m'appelle Jacques. Êtes-vous venus pour les leçons de planche à neige?

— Tu parles, dit Paulo. Je veux faire des voltiges, comme vous.

— Ça fait longtemps que je fais de la planche à neige, dit Jacques, en riant.

— J'apprends vite, insiste Paulo.

— Sauf les mathématiques, dit Mélodie en gloussant.

Jacques tapote l'épaule de Paulo.

— Je suis le propriétaire du chalet de ski l'Oeuf d'or, dit-il. Si vous avez besoin de quoi que ce soit, vous n'avez qu'à me demander.

Jacques aide les enfants et la mère de Lisa à transporter leurs sacs. Quand ils entrent dans le chalet, les enfants s'arrêtent net et écarquillent les yeux.

— C'est vraiment étrange, murmure Lisa.

3

Blanchette

Les murs intérieurs du chalet sont décorés à la manière d'une grange rustique. Tous les fauteuils et toutes les chaises du grand hall sont tapissés d'un tissu à motif de vache noir et blanc. Les tabourets du petit casse-croûte sont tachetés noir et blanc pour imiter la peau de vache. Il y a même une vache empaillée grandeur nature à côté de l'arbre de Noël. L'arbre est décoré de lumières scintillantes et de petites vaches blanches.

— Je pense que Jacques aime les vaches, dit Mélodie, pendant que la mère de Lisa remplit la fiche d'enregistrement.

— C'est ridicule, si tu veux mon avis, dit Paulo, en faisant semblant de traire un tabouret.

— Je pense que c'est très joli, dit Lisa, en sautant sur un tabouret. J'espère que nos chambres seront décorées de la même façon.

Blanchette

13

— J'espère que non, proteste Paulo. J'ai peur de vomir si je vois une autre vache.

— Mais il s'agit de la même vache, fait remarquer Mélodie.

— Son nom est même gravé sur les cadres. Blanchette, lit Lisa, en s'approchant d'un tableau.

— C'est un nom parfait pour une vache, dit Laurent.

— Celle-ci est différente, dit Lisa, en montrant une toile dans un cadre doré.

La peinture représente un géant qui abat un arbre.

— Nous ne sommes pas venus ici pour regarder des peintures, dit Paulo, d'un ton brusque. On se moque bien des vaches et des géants.

— Paulo a raison, dit Mélodie. Et puis, voilà Jacques. Nous pouvons lui poser des questions sur les tableaux.

— Attends, murmure Lisa. J'ai déjà entendu parler de cette vache, mais je ne me rappelle plus où.

Personne n'écoute Lisa. Les enfants prennent un verre de lait sur le plateau que Jacques leur présente.

— Servez-vous, leur dit Jacques.

— Est-ce qu'il faut payer? lâche Paulo.

— Ne sois pas impoli, intervient Mélodie, avec indignation et en lui donnant un coup de coude dans les côtes.

Jacques n'a pas l'air de s'en faire.

— Vous pouvez boire gratuitement tout le lait que vous voulez, dit-il. Il n'y a rien de meilleur qu'un bon verre de lait froid.

— Que signifient tous ces géants et ces vaches? demande Paulo, en prenant son verre de lait.

Jacques boit une gorgée de lait avant de lui répondre.

— Les géants sont fascinants, dit-il finalement, en haussant les épaules.

— Les géants n'existent pas pour de vrai, dit Paulo, d'un ton brusque. Comment peuvent-ils être intéressants?

— Les géants peuvent nous apprendre beaucoup de choses, dit Jacques, d'un ton sérieux.

— Comment se fait-il que vous sachiez tant de choses à propos des géants? demande Laurent.

— D'avoir étudié les géants m'a permis d'acheter

le chalet de ski L'Œuf d'or, dit Jacques, avant de vider son verre.

En se penchant pour déposer son verre vide sur le plateau, la cloche qui pend à son cou frappe le bord de la table.

— C'est une cloche intéressante, dit Mélodie. C'est la première fois que je vois quelqu'un porter une cloche à bétail.

— Cette cloche appartenait à ma meilleure amie, dit Jacques tristement, en prenant la cloche dans sa main. Quand je la vois, ça me la rappelle.

— Que lui est-il arrivé? demande Lisa.

— Je l'ai perdue pour toujours, dit Jacques, en soupirant. J'ai cherché et cherché, mais j'ai bien peur qu'elle ne revienne jamais.

— C'est triste, mais au moins vous avez ce chalet, dit Mélodie.

— D'où vous est venu le nom de L'Œuf d'or? questionne Paulo, en essuyant sa moustache de lait.

Jacques jette un regard circulaire sur le chalet et sourit.

— J'ai utilisé mon «pécule» pour ouvrir cet endroit, dit-il. Le nom convient donc parfaitement.

— Je sais ce que «pécule» veut dire, dit Lisa.

17

C'est ainsi que mon père appelle le compte d'épargne pour mes études collégiales.

— Nous ne nous rendrons jamais jusqu'au collège, grogne Paulo, en roulant des yeux. Nous ne sommes même pas capables de passer la troisième année!

— Écoutez, dit Jacques. Vous êtes venus ici pour apprendre à faire de la planche à neige, et j'ai l'instructeur qu'il vous faut!

Jacques secoue sa cloche à bétail si fort que le chandelier au-dessus de leurs têtes se met à osciller.

— Oh non! s'exclame Laurent.

— Un tremblement de terre, hurle Paulo.

Les enfants veulent s'enfuir, mais ils ne savent pas où aller. Quelque chose bloque la porte, quelque chose d'énorme!

4

Roch Samson

Jacques ne bronche pas d'un pouce. Il salue de la main l'homme gigantesque qui se tient devant la porte. L'homme est si grand qu'il doit pencher la tête pour ne pas heurter le plafond. En fait, tout ce qui le concerne est grand, surtout ses oreilles. Sa tête chauve brille comme un œuf de Pâques en plastique. Sur la tête, il porte une tuque de planchiste, pointue et multicolore.

— Je vous présente Roch Samson, l'instructeur de planche à neige du chalet de ski, dit Jacques.

Roch s'avance vers les enfants. À chacun de ses pas, le plancher tremble et les tableaux bougent sur le mur. Roch est presque rendu devant les enfants quand ses pieds s'empêtrent dans le tapis. Il essaie de garder son équilibre, mais sa main frappe la table. Les verres de lait vides s'écrasent par terre, et Roch atterrit comme un gros tas devant les

enfants.

— C'est la dixième fois que tu brises quelque chose en moins d'une semaine, dit Jacques, en soupirant. Tu es la personne la plus maladroite que je connaisse.

Roch fait des efforts pour s'asseoir. Une fois assis, il est presque de la même taille que Jacques.

— Je suis désolé, patron, dit Roch à Jacques. J'ai trébuché.

Roch a un accent, et sa voix est aussi profonde que la neige sur la montagne.

— Tu dois faire plus attention, dit Jacques, avant de se précipiter pour trouver un balai.

— Êtes-vous prêts à glisser sur la colline? demande Roch aux enfants, en souriant.

— Vous voulez dire sur la montagne, dit Laurent, d'un ton poli.

— Non, dit Roch, en secouant la tête. Pour moi, c'est juste une colline. Je vais vous montrer.

Roch se démène pour se mettre debout, puis il traverse le grand hall du chalet. Pour chacun de ses pas, les enfants doivent en faire trois. Ils sont hors d'haleine lorsque Roch s'arrête finalement devant une cabine, à l'arrière du chalet.

Un écriteau au-dessus de la porte dit : Vente et location. Les enfants ont failli ne pas le voir à cause de toutes les plantes grimpantes. En fait, toute la cabine est couverte de plantes grimpantes entrelacées et décorées de lumières scintillantes. Roch enjambe les plantes pour aller de l'autre côté du comptoir.

— Comment puis-je vous aider? demande Roch, comme s'il n'avait jamais vu ces enfants de sa vie.

— EEE… bredouille Mélodie, nous sommes venus prendre des leçons de planche à neige.

Roch se frappe le front et se met à rire.

— Que je suis bête! dit-il. J'avais oublié.

Roch repousse une touffe de plantes pour dégager une vieille caisse enregistreuse dorée. Il enfonce les touches comme s'il jouait une symphonie de Beethoven au piano. La caisse enregistreuse tinte dans un bruit métallique jusqu'à ce que le tiroir s'ouvre et frappe Roch dans le ventre.

— Ça fait sept mille quatre cent quatre-vingt-dix-huit dollars et cinquante-sept sous et demi, leur dit Roch.

— Hé! lâche Paulo, on nous avait dit que c'était gratuit.

— Et puis un demi-sou, ça n'existe pas, dit Laurent, de sa voix la plus gentille.

Roch se gratte la tête et fixe du regard la caisse enregistreuse pendant une minute.

— Cette machine m'embrouille tout le temps, admet-il, en haussant les épaules.

— Vous n'avez pas besoin d'une machine pour savoir que ça ne coûte rien quand c'est gratuit, remarque Paulo.

Roch donne une tape sur le comptoir, ce qui fait trembler l'amas de plantes grimpantes.

— Vous avez raison, dit Roch. Je me demande bien pourquoi je n'y ai pas pensé. Je vais aller chercher les planches à neige.

BANG! En voulant prendre les planches à neige, Roch se cogne la tête au plafond.

— Aïe! murmure Mélodie. Cela a dû lui faire mal.

— Il porte peut-être cette tuque ridicule pour couvrir toutes les bosses qu'il a sur la tête, dit Paulo, en s'étranglant de rire.

— Ne sois pas méchant, lui dit Lisa. Ce n'est pas de sa faute s'il est aussi grand, et si le plafond est dans son chemin.

— Non, admet Laurent, mais il devrait travailler sur sa maladresse.

— Ce n'est pas parce qu'il a trébuché et s'est cogné la tête qu'il est tout le temps maladroit, dit Mélodie.

— Ses pieds sont tellement grands que ce n'est pas sa faute, renchérit Lisa.

Roch s'empare d'une planche à neige. Malheureusement, elle se coince dans les plantes grimpantes, et Roch doit tirer dessus pour la dégager. En tirant, toutes les autres planches à neige suivent et tombent par terre en s'entrechoquant, comme une rangée de dominos.

— D'accord, admet Mélodie. Il est maladroit.

— Et terrible en mathématiques, ajoute Paulo.

— Sois gentil, lui répète Lisa.

— Je SUIS gentil, dit Paulo, d'un ton brusque. Même si les mathématiques ne sont pas ma matière forte, j'ai dû l'aider à comprendre combien ça devait nous coûter.

— C'est parce que tu es un expert quand il s'agit de choses gratuites, lui dit Laurent.

— Chut! murmure Mélodie. Roch s'en vient.

5

Fi-Fo-Fan

— C'est fantastique! crie Paulo, en suivant Roch vers les pentes.

Roch fait de si grands pas qu'il est déjà rendu très loin devant. Les enfants portent leurs lourdes planches à neige sous le bras et de lourdes bottes aux pieds. Malgré sa difficulté à marcher dans la neige, Paulo sourit.

— Je vais enfin pouvoir voler dans les airs sur ma planche à neige, dit-il.

— J'aimerais mieux garder les deux pieds sur terre, gémit Lisa. J'aurais dû aller skier avec maman.

— Où est ton sens de l'aventure? demande Mélodie, tandis que les flocons de neige tourbillonnent autour d'eux.

Lisa regarde ses bottes de planchiste.

— L'aventure, c'est parfois dangereux, dit-elle.

J'aimerais mieux lire sur le sujet.

— La lecture, c'est bien, dit Laurent, mais ça ne remplace pas une vraie aventure, en chair et en os.

Lisa regarde la pente devant eux.

— Tout ce que je veux, c'est rester en vie, dit-elle, avec une boule dans la gorge.

— Chut! dit Mélodie. Je pense que j'ai entendu Roch parler.

Les enfants tendent l'oreille. Ils entendent le vent souffler, mais rien d'autre.

— Je pense que le froid te fait entendre des voix, dit Paulo, en enfonçant sa casquette sur ses cheveux roux bouclés.

— Chut! dit Mélodie. Ça recommence.

Cette fois, tous les enfants entendent Roch.

— Fi-fo-fan, marmonne Roch.

Paulo regarde Laurent et éclate de rire. Lisa et Mélodie se mettent à glousser.

— A-t-il dit ce que je pense qu'il a dit? murmure Laurent, en essayant de garder son sérieux.

Paulo acquiesce d'un signe de tête.

— Fi-fo-fan, répète Roch, en se parlant à lui-même, sans faire attention aux enfants qui le suivent.

— Cela me rappelle quelque chose que j'ai lu dans un conte de fée, dit Lisa. Celui à propos d'un géant.

— Je ne peux pas croire que tu lises encore des histoires aussi bêtes, réplique Paulo, en roulant des yeux.

— Elles ne sont pas bêtes, dit Lisa, en fixant Paulo. Tu peux apprendre plein de choses en lisant des contes de fée. Certains sont si tristes qu'ils me donnent envie de pleurer.

— Je n'ai qu'à te regarder pour avoir envie de pleurer, répond Paulo, d'un ton taquin.

— Ha! Ha! dit Lisa, en faisant mine de rire et en tirant la langue à Paulo.

— Hé! ce n'est pas drôle, dit Laurent. Roch a disparu.

— Qu'est-ce que tu dis? dit Mélodie. Il était juste devant nous.

— Eh bien, il n'y est plus, dit Laurent.

Les enfants ne voient rien d'autre que de la neige devant eux. De gros flocons blancs tourbillonnent autour d'eux.

— J'ai peur, gémit Lisa. Nous allons nous perdre dans ce blizzard.

— Ce n'est pas un blizzard, dit Paulo. Il n'y a pas de problème.

Paulo plante sa planche dans la neige et la traîne derrière lui.

— Que fais-tu? demande Mélodie.

— Je laisse une piste, dit Paulo, au cas où nous ne réussirions pas à retrouver Roch.

— C'est une excellente idée, approuve Laurent.

Il se met lui aussi à traîner sa planche à neige derrière lui. Mélodie et Lisa en font autant. Ils avancent vers l'endroit où Roch se dirigeait quelques instants plus tôt. Ils ne se rendent pas compte que la neige qui tombe couvre rapidement leur piste.

— Qu'arrivera-t-il si nous ne le trouvons pas? se lamente Lisa. Nous allons mourir de froid.

— Ils vont nous enterrer avec nos planches à neige, dit Paulo, d'un ton taquin, ou s'en servir comme pierres tombales.

Lisa est sur le point de pleurer, mais Mélodie lui met une main sur l'épaule.

— N'aie pas peur, dit Mélodie. Tout va bien aller.

— Regardez, dit Laurent, en montrant le sol devant lui. Je vois quelque chose.

6

Empreintes géantes

— Qu'est-ce que c'est? demande Mélodie.

— Ce sont les plus grandes empreintes de pas que j'ai jamais vues, dit Lisa.

— Elles appartiennent peut-être à l'abominable homme des neiges, dit Paulo, en mettant un pied dans une des empreintes.

— Non, elles sont plus grandes que les empreintes de l'abominable homme des neiges que j'ai vues dans un livre de bibliothèque, dit Laurent, en secouant la tête.

À son tour, Laurent met un pied dans l'empreinte, à côté de celui de Paulo. Lisa et Mélodie font de même. L'empreinte est assez grande pour les quatre pieds des enfants.

— Celui qui a laissé ces empreintes a des pieds immenses, dit Mélodie.

— Personne ne peut avoir des pieds de cette

taille à moins d'être un géant, dit lentement Lisa.

— Ne sois pas ridicule, dit Mélodie. Les géants n'existent que dans les contes de fée.

— Ou au football professionnel, dit Laurent, en souriant.

— J'ai une impression étrange, dit Lisa. Je pense qu'il se passe quelque chose de très bizarre ici.

— C'est bizarre que tu sois en troisième année et que tu crois encore aux petites fées et aux géants, dit Paulo.

— Tu ne sais pas tout, répond Lisa.

— Et puis, pourquoi un géant se cacherait-il à Ville-Cartier? demande Laurent.

Lisa regarde les empreintes de pas qui disparaissent peu à peu sous la neige.

— Il ne se cache pas du tout, dit-elle. Il est juste sous notre nez, ou du moins il l'était avant de disparaître.

— Ta cervelle se serait-elle transformée en glaçons? demande Paulo. Roch est la seule personne qui était ici.

— Exactement, dit Lisa. Et Roch est un géant.

Paulo éclate de rire. Laurent et Mélodie ne

peuvent s'empêcher de sourire.

— Roch n'est pas un géant, dit Mélodie, en donnant un coup de pied sur l'empreinte. Il est grand, c'est tout.

— Très, très grand, insiste Laurent.

— Il ne peut pas être un géant, dit Paulo à Lisa. Après tout, les géants ne font pas de planche à neige.

— Comment peux-tu le savoir? dit Lisa. Les géants aiment peut-être les planches à neige plus que tout au monde.

— J'en doute sérieusement, dit Mélodie.

— Mais tu n'en es pas certaine, dit Lisa.

— Non, admet Mélodie, en haussant les épaules.

— Je sais une chose, dit Laurent, en regardant le ciel. Il y a une grosse tempête de neige dans l'air et nous sommes en plein dedans.

— Oh! misère, se lamente Lisa. Nous allons être pris au piège sur cette montagne avec un géant affamé. Nous sommes condamnés!

7

Pris au piège

Paulo se tient la poitrine et recule en chancelant.

— Lisa a raison, dit-il, le souffle coupé. Nous SOMMES condamnés. Condamnés à rester ici à écouter Lisa jacasser à propos de contes de fée.

Lisa donne une poussée à Paulo, qui se retrouve assis dans la neige.

— Ce n'est pas un sujet de plaisanterie, le prévient Lisa.

— Tu as parfaitement raison, dit Paulo, en martelant la neige. C'est sérieux.

— Tu veux dire que tu crois Lisa? demande Mélodie, les yeux écarquillés.

— Non, dit Paulo, d'un ton brusque, en se relevant d'un bond et en secouant la neige de son pantalon. Je veux dire que nous manquons des leçons gratuites de planche à neige à cause de Lisa.

38

— On ne peut pas aller faire de la planche à neige maintenant, réplique Lisa. Nous sommes pris au piège par un géant sur la montagne, dans une tempête de neige.

— La seule tempête de neige qu'il y ait sur cette montagne se passe dans ta tête, lui dit Paulo.

— Et comment expliques-tu les grands pieds de Roch? demande Lisa.

— Ça ne veut rien dire, dit Mélodie. Après tout, les mannequins sont parmi les personnes qui ont les plus grands pieds.

— Mais c'est la même chose que le conte de fée où un garçon fait pousser une tige de haricot magique pour grimper jusqu'aux nuages, dit Lisa à ses amis. Rendu là, il vole à un géant une poule qui pond des œufs d'or. Quand le géant essaie de reprendre sa poule, la tige de haricot casse et il tombe de son royaume. Il reste alors coincé sur terre.

— Oooooooh! hurle Paulo, se couvrant les oreilles de ses mitaines. J'en ai assez des géants, des contes de fée et des tiges de haricot magique. Je ne suis pas venu ici pour écouter des histoires. Je suis venu pour faire de la planche à neige!

— Attends une minute, dit lentement Mélodie. Lisa a un point.

— Ne me dis pas que tu crois à son imagination de contes de fée! dit Paulo, d'un ton suppliant.

— Je connais le conte de fée dont parle Lisa, intervient Mélodie. Le garçon qui a volé la poule aux œufs d'or se nommait Jacques.

— Exactement, dit Lisa. Le même nom que le propriétaire du chalet de ski L'Œuf d'or qui nous a dit avoir construit son chalet grâce à son «pécule».

— Et le Jacques de l'histoire s'est procuré les haricots magiques en vendant une vache, ajoute Mélodie.

— AAHHHH! crie Lisa.

— Que se passe-t-il? demande Laurent. Es-tu souffrante?

Laurent veut devenir médecin, et il est toujours prêt à aider une personne souffrante.

— Je viens de me rappeler quelque chose, dit Lisa, en repoussant Laurent.

— Il m'arrive aussi d'être souffrant quand je me sers de ma tête, dit Paulo à Lisa.

— Je ne suis pas souffrante, lui répond Lisa. J'ai peur. La vache de l'histoire avait un nom.

— Et alors? dit Laurent. Mon grand-père avait des vaches dans sa ferme, et chacune avait un nom.

— Mais la vache de l'histoire s'appelait Blanchette, dit Lisa, d'un ton sérieux.

— C'est le nom de la vache qu'on voit sur toutes les tableaux du chalet de ski, dit Laurent.

— Tu as tout compris, dit Lisa.

— La seule chose que je comprenne, c'est que je deviens furieux, dit Paulo. Vous pouvez rester ici à vous transformer en statues de neige si vous voulez. Quant à moi, je vais grimper cette montagne et apprendre à faire de la planche à neige.

— Paulo a raison, dit Mélodie, en mettant la main sur l'épaule de Lisa. Jacques ne nous aurait pas envoyés ici si Roch était un géant qui mange les enfants.

Au même instant, ils entendent un bruissement dans un arbre.

— Fi fo fan! hurle Roch, en se dégageant de l'arbre. Je pensais vous avoir perdus. J'ai dû faire marche arrière pour vous retrouver. Suivez-moi pour une aventure de planche à neige unique!

Paulo se dépêche de suivre Roch. Laurent regarde Mélodie, hausse les épaules, et suit Paulo.

— Nous serons en sécurité aussi longtemps que nous resterons ensemble, dit Mélodie à Lisa.

— J'espère que tu as raison, dit Lisa, où on finira en collation pour géant.

8
C'est la guerre!

Le télésiège transporte Roch et les enfants en haut de la pente. La neige a cessé de tomber et la couche de neige fraîche est idéale pour la planche à neige. Roch montre aux enfants comment garder leur équilibre sur la planche. Il leur enseigne à zigzaguer, puis leur permet de s'exercer sur une pente d'entraînement.

Laurent part le premier. Il saute sur sa planche et descend la pente comme un professionnel. Il ne fait qu'une seule chute.

Mélodie est prête à partir, mais Paulo la pousse de côté.

— Laisse-moi te montrer comment il faut s'y prendre, se vante-t-il.

Paulo monte sur sa planche et se retrouve aussitôt dans la neige. Son visage est rouge, et ce n'est pas uniquement à cause du froid.

— Ce n'est pas juste, dit-il. Je n'étais pas prêt.

Paulo remonte sur sa planche. Cette fois, il reste debout sur une distance d'au moins soixante centimètres avant que la planche ne se dérobe sous ses pieds. Il s'étale alors de tout son long, la bouche pleine de neige.

— Je croyais que tu avais dit que faire de la planche à neige, c'était aussi facile que de lancer une balle, dit Mélodie, en passant à côté de Paulo.

Mélodie descend la pente des débutants sans aucun problème.

— C'est bien ce que j'ai dit, lui crie Paulo, et si tu continues à jacasser, je vais te le prouver en te lançant une balle de neige!

Laurent et Mélodie ignorent Paulo, et remontent la pente en utilisant le câble de remorque. Ils sourient lorsqu'ils doublent Paulo. Le visage de Paulo est de plus en plus rouge. Chaque fois qu'il essaie de se tenir debout sur sa planche, il perd l'équilibre.

— C'est beaucoup plus difficile qu'il n'y paraît, dit Lisa à Paulo, en lui tapotant le dos. Moi aussi, je n'arrête pas de tomber.

— C'est un sport stupide, bredouille Paulo, en

donnant un coup de pied dans la neige. Ces planches sont meilleures pour surfer dans l'océan.

— Voici quelque chose que tu ne peux pas faire dans l'océan, dit Roch, en souriant.

Roch se penche et ramasse une poignée de neige. De ses immenses mains, il fait une balle de neige parfaite. Mais sa balle de neige est dix fois plus grosse qu'une balle de neige normale.

— Laissez-moi voir, dit Paulo.

Dès que Roch lui tend la balle, Paulo s'écroule dans la neige.

— Oh! dit Paulo. C'est plus lourd que je ne pensais. Pouvez-vous la lancer?

— Bien sûr, dit Roch, avec un sourire.

Il lance sa balle de neige dans les airs. Elle atterrit avec un bruit mat.

— C'est super, dit Paulo. Nous allons faire une équipe gagnante.

Paulo se penche, ramasse une poignée de neige pour en faire une balle, vise sa cible et lance sa balle. Elle file dans les airs et atteint Laurent dans le dos.

— C'est la GUERRE! crie Laurent, en se mettant à faire des balles de neige.

Mélodie et Laurent enfoncent leurs planches dans la neige et s'accroupissent derrière. Ils font des balles de neige qu'ils lancent en direction de Paulo et de Roch.

Roch rit si fort que les branches au-dessus de sa tête en tremblent. Puis, il se joint à Paulo pour lancer des chandelles à Mélodie et à Laurent.

Mélodie et Laurent façonnent leurs balles aussi vite qu'ils le peuvent, mais une seule des balles de Roch suffit à jeter leurs planches par terre. Une

autre balle les éclabousse. Paulo les bombarde pendant qu'ils sont occupés à esquiver les balles de Roch.

Lisa s'est mise à l'abri sous une grande épinette pour regarder la bataille.

— Aide-nous, Lisa! hurle Mélodie. Nous n'avons aucune chance contre Roch.

— C'est exactement ce qui me fait peur, se dit Lisa.

— Nous capitulons! crie Laurent, qui est couvert de neige de la tête aux pieds.

Les enfants s'en vont attendre le télésiège pour

retourner au chalet, tandis que Roch rassemble toutes les planches à neige.

— Nous n'étions pas de taille contre le tir précis de Paulo et les grosses balles de neige de Roch, dit Mélodie.

— C'était la bataille de balles de neige de mes rêves, dit Paulo, avec un sourire. Avec Roch de mon côté, je pourrais conquérir Ville-Cartier.

Mélodie secoue la neige de ses cheveux et de son manteau.

— Pourquoi ne nous as-tu pas aidés? demande-t-elle à Lisa.

— On ne peut pas se défendre contre un géant avec des balles de neige, dit-elle, simplement.

— Es-tu encore en train de dire des âneries à propos des géants? intervient Paulo. Tu ne crois pas sérieusement que Roch est un géant?

— J'en suis plus que jamais certaine, lui répond Lisa. Il y a trop de coïncidences. Les tableaux de la vache, les plantes grimpantes...

— Ta cervelle d'oiseau, l'interrompt Paulo. Le seul géant des alentours, c'est toi. Tu es une embêtante géante! De plus, j'aime bien Roch. Il est amusant dans les batailles de balles de neige.

— C'est facile à dire pour toi, dit Mélodie. Tu n'as pas été obligé d'esquiver ses boulets.

— Ses balles de neige étaient énormes, dit Laurent, lentement. Une personne de taille normale ne pourrait en faire de si grosses. On devrait peut-être écouter ce que Lisa a à dire.

— Un peu de contrôle, dit Paulo à Laurent, en l'attrapant par les épaules et en le secouant. Nous sommes à la montagne, à Ville-Cartier, et pas dans l'imagination farfelue de Lisa.

— Il y a trop de choses que nous ne pouvons pas ignorer, dit Mélodie, en saisissant le bras de Paulo. Si Roch est réellement le géant, cela veut dire qu'il est tombé de la tige de haricot et qu'il est coincé sur la montagne.

— Nous devrions réfléchir à ce que Lisa nous a dit, dit Laurent, en repoussant les mains de Paulo.

— J'y réfléchirai dès que Lisa aura une preuve, dit Paulo.

— Si c'est une preuve que tu veux, dit Lisa, tu l'auras.

— Comment vas-tu prouver que Roch est un géant? demande Mélodie.

— Il finira par se trahir, dit Lisa. Il suffit de le

surveiller assez longtemps.

— Parles-tu de l'espionner? demande Mélodie. Parce que l'espionnage, ce n'est pas une chose gentille à faire.

— Cela ne nous a jamais arrêtés, dit Laurent.

— Alors, vous êtes d'accord, dit Lisa. Nous allons surveiller Roch. Vous verrez, une fois pour toutes, qu'un géant vient en prime avec le chalet de ski.

9

Problèmes gigantesques

Une fois revenus au chalet, les enfants se cachent derrière les canapés et sous les plantes grimpantes enchevêtrées. Ils surveillent Roch qui empile six tranches de pain pour se faire le plus gros sandwich au beurre d'arachide jamais vu. Ils le voient mettre en marche le magnétophone et écouter de la musique pour harpe. Mais ils ne constatent rien qui puisse leur prouver que Roch est un géant.

— C'est stupide, murmure Paulo. Nous devrions être sur les pentes.

— Chut! dit Lisa. Quelqu'un arrive.

Un couple s'approche du comptoir. En accourant pour les servir, Roch renverse la table et son sandwich s'écrase par terre.

Le couple veut louer des skis. Roch enfonce les touches de sa caisse enregistreuse comme s'il tapait les mots d'un livre de trois cents pages. Le couple est près de s'étrangler quand Roch leur demande quatre mille dollars pour la location. Ils finissent par se rendre compte de l'erreur de Roch et règlent la somme avec un billet de cent dollars.

Roch fouille dans la caisse enregistreuse et remet à la dame la monnaie sur un billet de mille dollars. La dame regarde l'argent dans sa main, puis le rend à Roch en lui demandant la monnaie exacte.

— Aïe! dit Paulo. Roch est bien meilleur pour faire des balles de neige que pour louer des planches à neige et des skis.

— Les géants ne sont pas réputés pour leur intelligence, remarque Laurent.

— C'est pourquoi il est si facile de les duper, continue Lisa.

— Géant ou pas, dit Mélodie, il devrait faire attention, sinon il aura de gros problèmes.

Mélodie a raison. Les enfants ne sont pas les seuls à surveiller Roch. Jacques le surveille, lui aussi. Dès que le couple repart avec leur skis, Jacques traverse le hall comme un ouragan. La cloche à bétail autour de son cou tinte bruyamment quand il abat sa main sur le comptoir.

— J'en ai assez! crie Jacques. Tes erreurs me coûtent de l'argent. Si je te surprends à faire une autre erreur, je te flanque à la porte!

Jacques s'éloigne et disparaît par les portes battantes qui mènent à la cuisine.

— On dirait bien que Roch a un problème gigantesque, dit Laurent. Nous devons l'aider.

— Pas question, dit Paulo. Vous ne m'aidez pas lorsque je fais des erreurs en mathématiques, alors nous n'avons pas à aider Roch. De plus, nous sommes venus ici pour nous amuser.

— Roch nous a montré comment faire de la planche à neige, dit Lisa. Nous devons l'aider.

— Lisa a raison, dit Mélodie. Peu importe s'il s'agit d'un géant ou d'une princesse. On doit aider tout ceux qui en ont besoin, et Roch a besoin de notre aide.

— De plus, si Roch perd son travail, il n'aura plus d'argent pour acheter de la nourriture, ajoute Lisa. Il peut devenir affamé. Il risque alors de se mettre à manger les gens. Tout le monde à Ville-Cartier sera alors en danger.

— Oh! misère, dit Paulo, avec agacement.

Mais personne ne l'entend parce que ses amis

sont déjà sortis de leurs cachettes et s'approchent du comptoir.

Roch renifle et regarde les enfants.

— Puis-je vous aider? demande-t-il, d'une voix triste.

— Non, dit Laurent, mais nous pouvons vous aider.

— Vous le pouvez? demande Roch.

— Nous avons remarqué que vous aviez des problèmes avec la caisse enregistreuse, dit Mélodie. Nous pouvons vous montrer comment rendre la monnaie.

— Et nous vous aiderons à organiser votre comptoir, ajoute Lisa.

— Vous feriez ça pour moi? dit Roch, en souriant et en regardant Paulo droit dans les yeux.

— Bien sûr, dit Paulo. Après tout, vous nous avez aidés à nous amuser sur les pentes. C'est à notre tour maintenant.

— À la bonne heure! dit Mélodie, en tapotant le dos de Paulo.

Les enfants se mettent tout de suite au travail. Lisa et Paulo se chargent de mettre de l'ordre dans le comptoir. Laurent montre à Roch comment faire marcher la caisse enregistreuse. Pendant que Mélodie montre à Roch comment rendre la monnaie, Laurent aide Lisa et Paulo à démêler l'amas de plantes grimpantes enroulées sur le comptoir.

— Hé! lâche Paulo. Je parie que ces plantes grimpantes pourraient atteindre les nuages si nous arrivions à les démêler.

La monnaie que Roch est en train de compter glisse entre ses doigts et tombe par terre. Roch regarde Paulo avec insistance.

Puis, un sourire en banane vient éclairer son visage et il éclate de rire.

10

Les œufs d'or

Les enfants finissent de démêler les plantes lorsqu'ils entendent tinter la cloche de Jacques. Jacques s'arrête devant la porte et s'adresse à Roch à voix haute.

— Je m'absente pour aller vérifier des objets de valeur, dit-il. Souviens-toi de ce que je t'ai dit!

Puis Jacques quitte le chalet, une planche à neige sous le bras.

— Il faut que nous sortions d'ici, crie Lisa, en mettant son manteau.

— Là, tu parles, dit Paulo, avec un sourire, en saluant Roch de la main. Allons faire de la luge.

Lisa attend que ses amis la rejoignent.

— Non, nous n'allons pas faire de la luge, dit-elle. Nous suivons Jacques. Il a dit qu'il allait vérifier des objets de valeur. Je parie qu'il s'agit des œufs d'or.

— Super! dit Mélodie. On pourra peut-être en avoir un pour Roch, au cas où il perdrait son emploi.

— Pas question, dit Paulo. Si nous trouvons des œufs d'or, je les garde. Je pourrai m'acheter toutes sortes de jeux vidéo.

— Si on ne se dépêche pas, Jacques va nous échapper, dit Laurent.

Les enfants se précipitent dehors. Les flocons de neige qui tombent ressemblent à de grosses plumes duveteuses. Mélodie attrape la planche à neige qu'elle avait laissée à l'entrée.

— Apportons-les au cas où on aurait le temps de s'amuser, dit-elle.

— La planche à neige est un travail ardu, se plaint Paulo, en roulant des yeux, mais il attrape tout de même la sienne.

— Jacques est là-bas, dit Laurent, en pointant un petit cabanon derrière le chalet.

Les enfants s'empressent de le suivre en glissant sur leurs planches à neige. Bientôt, le chalet est hors de vue.

— C'est idiot, proteste Paulo. Pourquoi on ne se contente pas d'aller faire de la luge comme des

enfants normaux?

— Chut! siffle Mélodie. Jacques entre dans la petite cabane.

— Oh oui! dit Lisa. Je parie que c'est là qu'il garde la poule qui pond des œufs d'or. Nous n'avons qu'à prendre un œuf d'or et à le donner à Roch. Ses problèmes seront terminés.

— Ce n'est pas du vol? demande Laurent.

— Non, dit Lisa, en secouant fermement la tête. La poule appartenait à Roch. Tous les œufs lui reviennent à juste titre.

Paulo dépose sa planche sur la neige fraîchement tombée, se croise les bras et regarde Lisa.

— As-tu déjà vu ces œufs d'or? lui demande-t-il.

— Pas exactement, dit Lisa, ses joues tournant au rouge betterave.

— Alors, comment sais-tu qu'ils sont dans cette cabane? demande Paulo.

— Bien ... je ... um, bégaie Lisa.

— En d'autres mots, tu ne sais rien, dit Paulo. Nous sommes ici à nous geler à mort alors que nous pourrions nous geler à mort en glissant.

Boum! Lisa sursaute et attrape le bras de Paulo.

— Qu'est-ce que c'est? hurle Lisa.

— Ne t'inquiète pas, dit Mélodie, en tapotant le dos de Lisa, c'est le tonnerre.

— C'est vraiment une température étrange pour le mois de décembre, dit Laurent. D'abord une tempête de neige, ensuite le tonnerre et maintenant voilà le brouillard qui arrive.

Les enfants regardent leurs pieds. Une couche de brouillard blanc sinistre les entoure rapidement.

— Je n'aime pas ça, dit Mélodie, en frissonnant.

— Ne vous inquiétez pas, dit Lisa à ses amis. Rappelez-vous ce que Jacques nous a dit à propos des géants. C'est une température tout à fait normale... quand on est au pays des géants.

— Chut! dit Mélodie. J'entends quelque chose et ce n'est certainement pas le tonnerre.

11

La poule

— Cachez-vous! murmure Lisa, avant de disparaître le long de la cabane.

Ses amis regardent Jacques quitter la cabane et commencer à descendre la pente. Les poches de son veston sont gonflées.

— Regardez, murmure Lisa. Il a les œufs d'or.

— Je veux ces œufs, dit Paulo. Je pourrais faire un sérieux magasinage dans le rayon des jouets avec un de ces bébés.

— Allez-vous arrêter de discuter? demande Mélodie. S'il y a réellement une poule qui pond des œufs d'or dans la cabane, il n'y a qu'une chose à faire.

— Quoi? demande Paulo.

Mélodie s'assure que Jacques a disparu avant de s'avancer vers la porte de la cabane.

— C'est facile, dit-elle. Nous allons entrer et en prendre quelques-uns.

Mélodie essaie d'ouvrir la porte, mais elle est fermée à clé.

— Tu parles d'une manœuvre! dit Paulo, d'un ton sarcastique. As-tu d'autres idées brillantes?

Lisa examine le sol près de la porte. Il semble y avoir un petit trou.

— Nous pouvons peut-être creuser un tunnel pour entrer, suggère-t-elle.

Lisa et Paulo s'agenouillent et se mettent à balayer la neige avec leurs mains.

— C'est sans espoir, dit Lisa, en s'assoyant sur ses talons.

— Sans compter que le sol est gelé dur sous la neige, se lamente Paulo.

— Si on ne peut pas passer par en dessous, dit doucement Lisa, on peut peut-être aller par-dessus.

— Qu'est-ce que tu racontes? demande Mélodie.

Lisa montre la fenêtre sous la corniche.

— Je parie qu'un de nous pourrait passer par cette fenêtre, dit-elle.

— Bonne idée, dit Paulo, d'un ton moqueur. Si un

d'entre nous mesurait deux mètres, tu veux dire! Nous n'arriverons jamais à l'atteindre.

— Tu le pourrais si tu grimpais sur le dos de Laurent, dit Mélodie.

— Pas question, dit Paulo, en secouant énergiquement la tête.

— Je pensais que tu voulais acheter des tas de jouets, dit Mélodie, en se croisant les bras sur la poitrine.

— Bien sûr que je le veux, admet Paulo.

— Si tu y arrivais, je suis certaine que Roch te récompenserait, dit Lisa, en souriant.

— D'accord, grogne Paulo, je vais le faire.

Laurent se penche sous la fenêtre, et tant bien que mal, Paulo monte sur son dos, aidé de Lisa et de Mélodie.

Les mains de Paulo sont sur le bord de la fenêtre quand le tonnerre se met de nouveau à gronder. Laurent sursaute et Paulo perd pied et tombe sur Mélodie.

— Ahhhh! crie Mélodie, qui glisse sur la pente, Paulo à sa suite.

— Oh, non! crie Lisa. Ils se dirigent tout droit sur Jacques!

12
La dernière erreur

Mélodie tente de s'arrêter, mais la neige est trop glissante. Elle fonce dans les jambes de Jacques. Il en échappe sa planche à neige, qui tournoie trois fois dans les airs avant d'atterrir sur la neige, en direction de Paulo.

— Fais attention! crie Lisa.

Mais Paulo ne peut rien faire. Il dégringole et finit par atterrir à plat ventre sur la planche à neige de Jacques. Avant que quiconque n'ait pu dire «fi fo fan», Paulo s'élance comme un planchiste professionnel, sauf qu'il est sur le ventre.

— Il se dirige tout droit sur le chalet! crie Lisa. Qu'allons-nous faire?

— Il n'y a qu'une chose à faire, dit Laurent. Il faut l'arrêter.

Laurent saute sur sa planche à neige et descend à toute vitesse derrière Paulo. Lisa a la gorge serrée, mais elle saute à son tour sur sa planche et file à leur poursuite.

Dès que Mélodie et Jacques voient ce qui se passe, ils s'emparent des planches de Mélodie et de Paulo et descendent à leur tour.

Chacun va aussi vite que possible, mais ce n'est pas suffisant. Paulo descend la pente à toute allure, comme un médaillé d'or aux Jeux olympiques. Il passe comme une flèche devant la mère de Lisa, qui est en train de prendre sa leçon de ski.

— Attention, en bas! crie Paulo, en esquivant trois skieurs et en passant en trombe devant le chalet de ski.

Toutes les personnes au chalet de ski suivent des yeux la scène avec horreur.

Roch traverse la pente en courant. La mère de Lisa skie aussi vite qu'elle peut pour rejoindre Paulo. Laurent et Lisa poursuivent Paulo en planches à neige. Mélodie et Jacques les suivent de près. Mais quand, finalement, tout le groupe atteint Paulo, tout ce qu'ils voient, ce sont deux bottes qui ressortent de la neige.

Roch se penche, attrape les bottes de Paulo et tire. Paulo sort du talus de neige comme un

72

bouchon de liège.

— Comment vas-tu? demande la mère de Lisa à Paulo, d'un ton inquiet.

— C'était plus amusant que les montagnes russes, dit Paulo, en riant.

— Je suis désolée, dit Mélodie à Jacques. Nous ne voulions pas vous renverser.

Jacques tapote ses poches. Elles sont toujours gonflées.

— Il n'y a pas de mal, leur dit Jacques. Tout va bien. Après toute cette agitation, je crois qu'un grand verre de lait nous ferait le plus grand bien.

— C'est une idée délicieuse! dit Roch, en souriant. Je vous devance.

Les enfants suivent Roch et Jacques.

— As-tu entendu ça? demande Lisa à Mélodie. Les œufs qui sont dans les poches de Jacques ne se sont pas brisés. Ils doivent être en or.

— Le fait qu'ils ne se soient pas brisés ne veut pas dire qu'ils sont en or, murmure Laurent.

— Ils sont peut-être gelés dur, dit Paulo.

Lisa s'apprête à protester, lorsqu'à ce moment-là, Roch oublie de pencher la tête en entrant et cogne

contre la porte du chalet. Il tombe à la renverse,
par-dessus Jacques.

Les mains de Jacques tâtent ses poches, et son
visage devient blanc comme la neige.

— C'était ta dernière erreur! dit Jacques à Roch.

13

Noël à la maison

Le lendemain matin, Lisa se réveille tôt. Elle s'inquiète pour Roch.

— Que va-t-il arriver à Roch? demande-t-elle à ses amis, qui l'ont rejointe. Hier, Jacques était vraiment fâché.

— Il a même oublié de nous donner notre lait gratuit, renchérit Paulo.

— Arrête de penser au lait gratuit, dit Laurent à Paulo. Inquiète-toi plutôt de Ville-Cartier.

— Il y a une chose dont Ville-Cartier n'a pas besoin, c'est d'un géant affamé en liberté. Il vaut mieux que rien n'arrive à Roch.

— Je l'espère, dit Paulo, parce que je voulais qu'il m'aide à construire un immense fort pour que je puisse vous battre à plates coutures dans une bataille de balles de neige.

Les enfants s'empressent de se rendre dans le

hall, mais ils ne voient Roch nulle part.

— Oh, non! se lamente Mélodie. Jacques s'en est débarrassé.

— Non, dit Lisa.

Elle sourit et montre la fenêtre. Les plantes grimpantes qui étaient entortillées autour du comptoir de location ne sont plus enchevêtrées. Elles courent dans le hall et sortent par une fenêtre.

Les enfants sortent du chalet en vitesse. Les plantes grimpantes entourent la cheminée, s'étalent dans les branches d'épinette et disparaissent dans les nuages.

— Roch a trouvé le chemin pour retourner chez lui, dit Lisa. Je ne pourrai jamais prouver qu'il était réellement un géant.

— Je vais le prouver, dit Paulo, en mettant le pied sur la tige. Nous n'avons qu'à suivre Roch.

— Oh! non, dit Jacques, qui vient de sortir du chalet avec une hache. C'est ce que je fais de mieux, ajoute-t-il.

Les enfants reculent tandis que Jacques soulève la hache très haut au-dessus de sa tête. Après trois tentatives, Jacques réussit à abattre la tige.

Aussitôt fait, il se tourne et rentre dans le chalet.

— Je suppose que nous ne saurons jamais avec certitude si Roch était un géant, dit Lisa, en soupirant.

— Ce ne sera plus pareil sans Roch, dit Paulo sérieusement, mais nous devons nous réjouir, parce qu'il est de retour chez lui pour Noël.

Tous regardent Paulo, éberlués.

— Je croyais que jouer dans la neige, c'était tout ce qui t'intéressait, dit Laurent, pour briser le silence.

— Sans oublier que tu as dit que tu ne croyais pas aux géants, ajoute Mélodie.

— Je n'admettrai qu'une chose, dit Paulo, en haussant les épaules. C'est que les géants ne font pas de planche à neige, et que seuls les fous descendent les pentes sur des planches.

Paulo se penche alors, ramasse une poignée de neige, et bombarde ses amis avec ses propres balles de neige géantes.

Table des matières